POÉSIES

PAR

GUYHARD

PARIS

C. VANIER, LIBRAIRE DE L'UNION DES POÈTES

RUE DE BUFFAULT, 18

1859

POÉSIES

PAR

GUYHARD

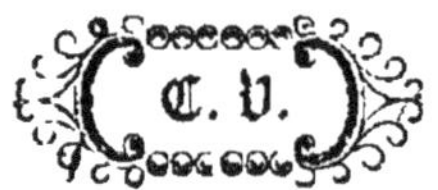

PARIS
C. VANIER, LIBRAIRE DE L'UNION DES POÈTES
RUE DE BUFFAULT, 18.
1859

(Extrait du deuxième volume de **LA GERBE**.)

Paris. Typog d'Em Allard, rue d'Enghien, 14.

A Monsieur C. Vanier,

ÉDITEUR DE *LA GERBE*.

Je vous adresse le manuscrit des pièces de poésies que je destine au deuxième volume de *la Gerbe*. C'est une grande témérité, je le sais; aussi ne me suis-je pas décidé sans hésitation.

« Tout est dit, et l'on vient trop tard, depuis » plus de sept mille ans qu'il y a des hommes et qui » pensent. »

Cette pensée, qui est le premier mot des caractères de La Bruyère, n'est pas propre à encourager quiconque se prépare à faire un livre. Et le trouble où elle jette augmente encore dès qu'on songe à ces formidables entassements d'écrits qui gisent dans les bibliothèques. C'est à donner le vertige au plus téméraire. Car, que dire qui ne soit déjà exprimé dans l'un ou l'autre de ces volumes qui couvrent, de la base au faîte, tous les murs de l'édifice ? Puis, de quelle tristesse de cœur ne se sent-on pas pris en voyant le sort de ces livres poudreux, si rarement visités par deux ou trois curieux à peine ? Désespoir ou désenchantement, voilà l'alternative que présentent ces considérations, et je ne sais trop si celui qui en serait bien pénétré, en se mettant à l'œuvre, oserait passer outre.

Mais qui y songe ? qui s'en soucie ? quel est celui que tourmente la démangeaison d'écrire qui, en fin de compte, s'inquiète d'imprimer des redites, pas plus que du sort réservé à son livre ? Non, malgré les justes appréhensions qui doivent saisir, nul ne s'abstient.

Et cela est un bien. On peut hésiter, il ne faut pas s'abstenir. Précisément à cause de l'abandon où sont les vieux livres, il est bon d'en faire de nouveaux. D'ailleurs, la pensée de La Bruyère est plus spécieuse qu'exacte : la démonstration en est facile à donner.

Les œuvres de l'esprit ne doivent pas être que purement agréables. Au moins ne peut-on l'admettre que pour le petit nombre. Sans quoi il faudrait exécuter à la lettre ce jugement de Platon qui, tout en rendant hommage aux créateurs d'œuvres légères, comme à des êtres sacrés, merveilleux, pleins de charmes, ordonne néanmoins de les congédier après avoir parfumé et couronné de bandelettes leur tête. C'est qu'en effet l'intelligence ne peut pas s'amuser qu'à des jeux frivoles. Un ouvrage utile seul est digne de l'homme. Sans doute l'œuvre, même légère, qui nous délasse de nos fatigues, dont la lecture fait oublier les misères de la vie, qui va quelquefois jusqu'à faire sourire le malheureux, par cela seul commence déjà à remplir un rôle louable. Mais ce n'est pas assez : le cachet d'utilité doit être mieux marqué. Il faut qu'un ouvrage se mêle à la vie des peuples ; qu'il s'occupe des questions qui intéressent l'homme. Or, l'état de l'humanité n'étant pas le même partout, changeant sans cesse, et allant en somme, malgré ses intermittences, d'améliorations en améliorations, il s'ensuit que chaque époque et chaque endroit se trouvent dans un courant d'idées qui n'est pas celui des autres temps et lieux, et que par conséquent les auteurs subissent des influences différentes, et ont des devoirs différents. Et si j'ajoute que l'humanité est en proie à des désirs inquiêts qui la portent aux nouveautés, pourrai-je reconnaître que tout est dit, et que les auteurs n'ont plus qu'à se taire ? Non, tous leurs devoirs ne sont pas remplis, et malheureusement il n'a pas encore lui pour eux, ce septième jour où ils n'auront plus qu'à se reposer.

J'élève si haut le but à atteindre, que peut-être, me dira-t-on, il ne devrait être permis de le viser qu'à un petit nombre d'élus. Qu'en sais-je ? Quels que soient les grands fleuves, ils ne peuvent pas porter la fraîcheur et la fertilité dans toutes les contrées. Ils ne fécondent que les rivages qu'ils baignent. C'est à la prodigieuse quantité de rivières et de petits ruisseaux qui circulent en tous sens sur la terre, qu'est réservé le soin d'arroser les plaines et les vallons que ne visitent pas les fleuves. Ainsi des grands auteurs : si merveilleuses que soient leurs œuvres, il est toujours des circonstances qui les empêchent d'être connues même de tous ceux qui parlent et entendent l'idiôme dans lequel elles sont écrites. Les productions de l'esprit, afin d'arriver à tous, doivent donc être nombreuses et variées ; et quelquefois la plus humble ressemble à la petite source dont le cours est fort borné, mais qui n'en fertilise pas moins toute une prairie.

Voilà, Monsieur, les considérations qui, combattant celles d'où m'étaient venues mes premières hésitations, ont fini par en triompher, et me font applaudir à votre entreprise. Je regrette seulement de ne pouvoir vous apporter un concours plus digne de la pensée dont vous vous êtes inspiré. Peut-être, pour y mieux répondre, aurais-je dû retoucher ces diverses pièces, pour moi vieilles déjà, puisque la dernière date des commencements de notre glorieuse expédition de Crimée ; mais j'ai préféré les laisser telles quelles, afin d'y retrouver mes premières impressions, et vous me pardonnerez de m'être borné à les élaguer.

GUYHARD.

Avril 1859.

POÉSIES

AUX POÈTES

I

O divins inspirés ! poètes ! dont les veilles
Ont sans cesse enrichi les lettres de merveilles,
N'est-il plus près de vous le moindre petit coin ?
Ne peut-on présenter sa lèvre à votre coupe ?
Ni s'élancer enfin le dernier de la troupe
De ceux qui vous suivent de loin ?

Que nul ne soit jaloux : il me faut peu de gloire.
Puis-je vous dérober d'ailleurs votre auditoire ?
Le nain peut-il jamais faire peur aux géants ?
Rien de l'astre du jour n'éclipse la lumière,
Et toute l'eau qui roule au lit d'une rivière
N'appauvrit point les océans.

Encore si, sans être un poète d'élite,
Si, sans avoir d'Hugo la verve et le mérite,
Je chantais un grand homme ou des faits éclatants,
L'ampleur d'un tel sujet, en m'élevant moi-même,
Peut-être donnerait du prix à mon poème
Et le ferait survivre au temps.

Mais beaucoup plus modeste est le but où j'aspire;
Qu'un autre plus hardi des grands sujets s'inspire,
Dans ses vers aux héros élève un panthéon,
Ou de quatre-vingt-neuf décrive les tempêtes,
De nos pères vainqueurs raconte les conquêtes
Et célèbre Napoléon !

C'est là, pour le poète, un thème dont le lustre
Se répand sous son nom et peut le rendre illustre;
Mais je connais d'Icare et l'orgueil et le sort.
Vous ne me tentez point, séduisantes amorces;
Oh ! je n'ignore pas le degré de mes forces :
Je veux demeurer près du port.

C'est à vous de monter aux cieux, aigles superbes !
Je n'effleure en mon vol que les rampantes herbes :
Vous perchez sur les pins, et moi dans les buissons.
Ah ! vous pouvez planer avec votre envergure;
Moi, je connais mon aile, et je ne m'aventure
Que peu par-dessus les gazons.

Volez donc aux sommets, dont seuls vous êtes dignes;
Chantez, vos chants sont doux comme l'adieu des cygnes.
Moi, du fond de mon val je vous suivrai des yeux,
Et, lorsque de vos vers l'harmonieuse stance
Viendra nous enchanter de sa riche cadence,
J'écouterai, silencieux.

Mais quand, indifférents, il vous plaît de vous taire,
Oh ! laissez-moi tenter d'aborder votre sphère,
De bégayer des vers et quelques chants d'amour.
Quand l'aigle est en repos, l'alouette étend l'aile;
Les petits oisillons, quand se tait Philomèle,
Peuvent gazouiller à leur tour.

II

Qui jamais me dira combien nous sommes tous
Jaloux de l'écrivain supérieur à nous ?
Il a beau mériter un succès légitime,
Il n'obtient même alors qu'à demi notre estime.
Un orgueil envieux corrompt nos jugements,
Nous fait mêler le blâme aux applaudissements,
Nous force à n'admirer jamais rien sans réserve,
Hors qu'un enthousiasme affecté ne nous serve.

C'est surtout le talent de nos contemporains
Qu'on nous voit accabler d'injurieux dédains,
Et plus ils sont souvent des écrivains d'élite,
Plus nous nous acharnons à nier leur mérite.
Les morts sont mieux traités : nous souffrons qu'ils aient eu
Ou beaucoup de génie ou beaucoup de vertu,
Et nous vengeons parfois ceux qui, durant leur vie,
Ont connu l'injustice et souffert de l'envie.
Mais celui que le temps a réhabilité,
L'admirons-nous encor par esprit d'équité ?
Ne l'exaltons-nous pas pour rabaisser l'ouvrage
De ceux dont les succès nous font le plus d'ombrage ?
N'en est-il pas plus d'un, parmi les plus fervents,
Qui ne prisent les morts que pour nuire aux vivants ?
Je ne sais ; mais je vois qu'on peut, sans préjudice,
Honorer les anciens et leur rendre justice ;
Que l'on n'a rien à perdre à leur ovation ;
Qu'ils laissent le champ libre à toute ambition,
Et que nul ne craint plus que leur brigue n'emporte
L'espèce de profits que la gloire rapporte.
C'est pourquoi le présent, en faveur du passé,
Est par certains censeurs outrément rabaissé ;
Qu'ils ne parlent de lui qu'en secouant la tête ;
Qu'ils désertent son temple et chôment d'autre fête,
Et, qu'eux seuls exceptés, ils ne voient aucun nom
Qui puisse dissiper la nuit de l'horizon,

Criant comme à plaisir, d'un ton déclamatoire :
Le monde dégénère, et ce siècle est sans gloire !
— Certes, sur le présent ce serait s'étourdir
Que de vouloir en tout et sans choix l'applaudir :
Il ne sort pas toujours triomphant de ses luttes;
Ses succès sont encor moins nombreux que ses chutes,
Et je sais qu'il a vu pululler à foison
Maints poèmes choquant le goût et la raison.
Mais où donc est l'époque et si grande et si pure
Qui n'ait eu ses Cottin et ses abbés de Pure?
Doit-on lui courir sus, faut-il la mal juger
Parce qu'on en verra quelques uns patauger?
Le néant de ceux-ci, dans le siècle où nous sommes,
Doit-il donc affaiblir la gloire des grands hommes?
Parce qu'il couvrira les épaules d'un gueux,
Un manteau brillant d'or n'est-il plus précieux?
Peut-on croire d'ailleurs qu'aujourd'hui tout décline,
Quand c'est de notre temps qu'ont écrit Lamartine,
Delavigne, Soumet et le lyrique Hugo ?
Quand surtout Béranger jetait à chaque écho
Ses refrains qu'accueillaient les hameaux et les villes?
O chefs-d'œuvre applaudis de ces maîtres habiles !
Prouvez-vous que les arts soient si dégénérés?
Ah ! les Muses encore ont de grands inspirés :
Maints poètes du jour en fournissent la preuve,
Comme Gauthier, Méry, Musset et Sainte-Beuve ;

Plus d'un de l'art encore honorent le drapeau,
Tels que Barbier, Deschamps, Brizeux, Gérard, Moreau,
Et tous ceux que je sais et tous ceux que j'oublie.
Non, ce siècle n'est pas de ceux que l'on renie.
Il est riche d'auteurs et de brillants écrits
Auxquels les envieux n'ôteront pas leur prix.
Pour moi, j'en sais plus d'un que je me plais à lire,
Dont j'aime à partager l'harmonieux délire.
C'est que rien ne m'enchante autant que les bons vers,
Et mes mains de bravos font retentir les airs
Quand tombe sous mes yeux la moindre fantaisie
Où se trouvent des fleurs et de la poésie.
Oh ! combien justement les Grecs ingénieux
La nommèrent jadis le langage des Dieux !
Et ce siècle pourtant te ferme ses oreilles,
O sainte Poésie ! ô source de merveilles !
Qu'importe ! — Dès que l'aube éveille tout aux champs,
L'alouette aussitôt renouvelle ses chants,
Ne s'inquiétant pas si nul ne les écoute.
Elle chante pour elle ; et cependant, sans doute,
Parfois le laboureur, armé de l'aiguillon,
L'écoute, en arrivant au bout de son sillon ;
Le voyageur lui-même à ses refrains s'arrête,
Et, rêveur, vers l'oiseau tourne un instant la tête.
De même pour vos vers, ô chantres inspirés !
S'ils ne peuvent charmer les hommes affairés,

Ils trouvent néanmoins des âmes délicates
Qui s'enivrent encore à leurs doux aromates ;
Car ce monde n'est pas si dépourvu de tout,
Qu'on n'y rencontre plus aucun homme de goût.

III

DES CLASSIQUES ET DES ROMANTIQUES

Je ne prends point parti dans vos vaines disputes ;
Je laisse aux ergoteurs la fureur de ces luttes.
Que m'importe le choix du genre et du sujet ?
La palme est à tous ceux dont l'ouvrage est parfait.
Qu'il soit classique ou non, j'applaudis la manière
De qui possède l'art d'exceller et de plaire ;
Ce n'est qu'à leur mérite, et non de parti pris,
Que chacun doit toujours estimer les écrits,
Et je n'approuve pas qu'on se fasse un système
De blâmer ou louer tel genre de poème.
Comme si, lorsqu'on a quelque prévention,
On jugeait sainement la moindre question !
Puis, croit-on que ce soit le genre que l'on traite
Qui donne du mérite et transforme en poète

Celui qui, recourant à de discrets emprunts,
Fait bravement un livre avec des lieux communs?
Le marbre de Paros ne rend pas statuaire
Les plus riches couleurs ne pourront jamais faire,
Sans la palette et l'art d'Apelle ou du Poussin,
Ces tableaux animés par un souffle divin.
Donne au Béotien la flûte d'Ionie,
Il n'en saura tirer pas la moindre harmonie;
Mais qu'une bouche attique anime des roseaux,
Et l'on aura des chants mélodieux et beaux.
Comme de l'idéal nul n'a le monopole,
C'est peu d'appartenir à telle ou telle école.
Celui qui ne sent pas l'influence du ciel,
En vain va butiner pour composer son miel :
Il ne rapporte rien des fleurs les plus fertiles;
Tout se change en chardons dans ses mains inhabiles;
Rien ne garde avec lui son éclat et son prix.
Il faut du dieu des vers les heureux favoris
Pour chanter dignement les plus splendides choses,
Et sur un sol ingrat faire éclore des roses.
  Pourquoi vouloir d'ailleurs que les maîtres de l'art
S'enrégimentent tous sous le même étendard?
Pourquoi ne désigner qu'un seul but à leur course?
Le beau ne jaillit-il que de la même source?
L'arène du poète est l'horizon sans fin.
Ce n'est pas un champ clos qu'embrasse l'œil humain.

Son vaste amphithéâtre est la nature entière ;
C'est la terre et le ciel, la nuit et la lumière,
L'onde du clair ruisseau, les flots des océans,
Le brin d'herbe qui rampe et les arbres géants,
Le sable des déserts et la plaine féconde ;
C'est l'étoile qui luit, c'est la foudre qui gronde ;
C'est l'admirable instinct des divers animaux,
Le travail de l'abeille et le chant des oiseaux ;
C'est l'homme et son orgueil, la vierge et son sourire,
Et de nos passions le furieux délire ;
C'est la vie, et la mort, et l'immortalité,
Plus encor l'idéal que la réalité ;
Ce sont ces régions, ces poétiques grèves
Que la fiction crée, où s'égarent nos rêves ;
C'est ce que la pensée imagine et conçoit,
Ce qu'espère le cœur, ce que l'âme entrevoit !...
Et pour bien exprimer ces magnifiques choses,
En chanter le mystère, en célébrer les causes,
On impose au poète un genre spécial !
On veut le renfermer dans un cercle fatal !
Où donc trouver jamais de plus folle manie
Que d'oser mettre un frein à l'essor du génie,
Que de vouloir régler son inspiration !
Ah ! gardons-nous d'avoir tant de présomption.
Lui seul doit se borner et se poser ses règles :
Voit-on le roitelet aller montrer aux aigles

Le point où ces oiseaux, en s'élevant aux cieux,
Doivent cesser enfin leur vol audacieux?
Eux-mêmes sentent bien, sans qu'on le leur révèle,
Quand l'air ne suffit plus à leurs larges coups d'aile;
Quand ils touchent aux lieux où nul ne monte plus.
N'ôtons rien aux auteurs de leurs droits absolus;
Trop d'entraves déjà gêneront leur allure,
Sans les multiplier hors de toute mesure.
Mais cette liberté ne va pas cependant
Jusqu'à permettre tout, au sot comme au pédant.
En laissant à chacun toute sa latitude,
Elle ne légitime aucune platitude.
Le respect du bon goût et de la vérité
Doit grandir au contraire avec la liberté,
Et, loin que l'idéal avec elle s'abaisse,
Elle veut que l'on tente à l'élever sans cesse :
Elle en a fait pour tous un sérieux devoir
Dont personne ne peut s'affranchir sans déchoir.
Elle ne souffre pas qu'on la tourne en licence,
Qu'on la fasse servir d'excuse à l'impuissance;
Que d'infimes auteurs, s'insurgeant en son nom,
Soient fiers de bafouer et l'art et la raison.
Comme si la raison n'était pas la nourrice
Où tout doit s'allaiter, et même le caprice.
Parmi tous ces auteurs, on en connaît plus d'un
Qui, fuyant le bon sens, n'ont pas le sens commun.

Aussi leur nullité s'arme-t-elle d'audace,
Afin d'intervertir les rôles au Parnasse,
Et, ne pouvant atteindre aux sublimes beautés,
Ils blasphêment le beau, ces renards écourtés.
Sans doute l'art unique en toute œuvre est de plaire,
Et quand on y parvient, qu'importe la manière?
Encor faut-il trouver le secret de cet art,
Et ne pas follement rimer à tout hasard.
On a beau s'inspirer que de la fantaisie,
L'absence de tout sens n'est pas la poésie.
Ce n'est point pour avoir hardîment tout bravé,
Qu'on a fait à coup sûr un chef-d'œuvre achevé;
Et l'on nous offre à tort, pour beautés poétiques,
Des divagations qui sont plus qu'excentriques,
Et qui ne disent rien en croyant dire tout.
Là n'est point le cachet du suprême bon goût;
Là n'est point l'idéal, et jamais le bizarre
Ne sera, quoi qu'on dise, une merveille rare.
Ce n'est que chez l'auteur qui puise à la raison,
Que le caprice plaît, et que tout genre est bon.
La raison est de tout la plus belle auréole,
Et l'art plane au-dessus des préjugés d'école

IV

Il en est quelques uns qu'un faux purisme entraîne,
Qui voudraient expulser le drame de la scène.
Que me fait qu'un ouvrage, éclatant de beautés,
Ne se renferme pas dans les trois unités?
Quoi ! les drames d'Hugo, de Schiller, de Shakespeare,
Maîtres harmonieux, que Melpomène inspire,
Quoique bravant ces lois que prône Despréaux,
En sont-ils pour cela moins touchants et moins beaux?
Quoique non modelés sur son art poétique,
N'ont-ils pas su sans lui trouver le pathétique?
Je consens que Boileau soit presque Juvénal;
Mais de son roi Louis, ce flatteur partial
Qui, pour faire, dit-on, preuve de complaisance,
Toujours sur La Fontaine a gardé le silence;
Qui ne vit dans Ronsard qu'un fastueux platras,
Et de Quinault en vain siffla les opéras,
Veut-il que sur son goût se règle tout le monde?
Ce qu'il a critiqué, faut-il que l'on le fronde?
Et sans autre raison, chacun doit-il enfin
Traiter ce qu'il aimait de chef-d'œuvre divin?
Sans doute ce censeur, dans sa meilleure veine,
Joint au goût le plus sûr la raison la plus saine,

Et s'il n'éblouit pas par des coups glorieux,
Du moins se montre-t-il toujours ingénieux.
Son jugement est bon, mais est-il infaillible ?
Tous les arrêts tombés de sa plume irrascible
Sont-ils sans passion ainsi que sans appel ?
Est-ce donc tant à tort que le temps actuel
N'ait pas ratifié toutes ses exigences,
Et qu'il ait infirmé plusieurs de ses sentences?
Non, car Boileau, manquant de foi dans l'avenir,
Aux règles du passé voulait trop l'asservir.
Des classiques français je suis trop idolâtre
Pour laisser soupçonner que je hais leur théâtre :
Je confesse tout haut mon engoûment pour eux.
Mais me faut-il en être à tel point amoureux,
Que, même lorsqu'un autre atteindrait le sublime,
Je doive, à cause d'eux, n'en point avoir d'estime?
Que je reste muet lorsque d'autres font bien?
Et qu'eux seuls exceptés je n'admire plus rien?
Oh ! je sais qu'ils ont fait maints chefs-d'œuvre, sans doute,
C'est peu de les louer d'avoir ouvert la route :
Plusieurs l'ont parcourue avec un grand éclat.
Athlètes couronnés dans ce rude combat,
Le théâtre leur doit d'admirables ouvrages,
Que salueront toujours d'unanimes suffrages ;
Et quelques uns, parfaits sous de nombreux rapports,
Sont du génie humain les suprêmes efforts.

Mais si j'exalte ainsi, si je tiens pour merveille
Chaque œuvre de Racine et presque tout Corneille;
Si Molière surtout est mon auteur de choix,
Je n'applaudis pas moins, du geste et de la voix,
Quand mes contemporains viennent m'offrir un drame
Qui sait me prendre au cœur et qui me charme l'âme.
Dumas, Soulié, Musset, doivent être écoutés,
Et ne sont certes pas des médiocrités.

Il faut de l'action dans le drame; elle donne
La chaleur et la vie au récit monotone.
Loin de moi de vouloir condamner les récits
Quand ils sont pleins de force, éloquents et concis.
Je les préfère alors à ces tas d'aventures
Qui composent le drame et vont à ses allures.
Il est bon, à mon sens, que de nobles discours,
En expliquant les faits, interrompent leurs cours;
Que les intrigues soient beaucoup moins entassées,
Et laissent à leur tour resplendir les pensées;
Car la parole, aussi puissante que le fait,
Quand on sait s'en servir, produit autant d'effet.
J'écoute volontiers un vertueux langage;
J'aime entendre parler l'homme libre et le sage;
Mon esprit se complaît à leurs beaux entretiens,
Et j'admire surtout les pensers cornéliens.
Mais si les récits seuls touchent mon âme émue,
D'autres aimeraient mieux que l'on flattât leur vue,

Et n'est-il pas des gens si durement trempés,
Qu'on les trouveraient froids s'ils n'étaient pas frappés
Par des tableaux sanglants et de noires images?
Le bruit sourd de la foudre et des fougueux orages,
Le souffle des autans ébranlant les forêts,
Pour charmer de tels cœurs ont de puissants attraits.
Ils aiment une nuit pleine d'horreur et d'ombre,
Et rien ne sait leur plaire autant qu'un drame sombre
Qui présente à leur yeux quelque sang répandu,
Des blessés s'enfuyant, un mourant éperdu,
Et les cris de la mort, et sa lente agonie.
Ils se plaisent à suivre un sauvage génie
Qui parfois les promène au milieu des caveaux
Où les spectres, la nuit, sortent de leurs tombeaux.
Ces appareils d'horreur n'ont pour eux que des charmes,
Ne leur causent jamais que de douces alarmes :
C'est par de tels tableaux qu'on peut les émouvoir.
Si l'on trouve des gens qui ne sauraient le voir,
D'autres n'estiment rien comme un lugubre drame.
C'est un goût naturel, un besoin de leur âme.
Si ces scènes de mort, ces spectacles sanglants,
Ont des admirateurs et des amis fervents,
Devons-nous du théâtre à jamais les proscrire?
Ce qui déplaît à l'un, quelque autre le désire ;
Et, puisque différents sont ici-bas le goûts,
Varions donc les mets pour les contenter tous.

Ne laissons sans plaisir personne dans la foule.
Doit-on jeter d'ailleurs toute œuvre au même moule?
Mais quoi de plus divers que les mouvants tableaux,
Partout dans la nature offerts à nos pinceaux?
Tout y change sans cesse et tout s'y renouvelle.
Que nos types dès lors soient variés comme elle.
Les esprits exclusifs ne sont pas dans le vrai :
Il est bon d'innover, de tenter quelque essai,
De vouloir agrandir l'horizon du Parnasse,
Et les Muses souvent couronnent cette audace.
D'ailleurs, ce qu'à la scène on nomme illusion,
N'est que chose fictive et de convention.
Aucun auteur encor n'a produit le miracle
De me faire oublier que je suis au spectacle.
Mais sans illusion, j'admire et j'applaudis
Quand on vient m'étaler des faits beaux et hardis,
Et sans m'inquiéter quelle règle on emploie,
Aux plus comiques traits je m'éclate de joie.
Puis, je dois l'avouer, il ne me déplaît pas
Que, de sa grande voix modérant les éclats,
La scène songe au peuple et nous en entretienne.
Quelle gloire après tout l'emporte sur la sienne?
Qui s'endord moins que lui dans un lâche repos?
N'a-t-il pas ses vertus? n'a-t-il pas ses héros,
Plus grands d'être sortis d'une souche commune,
Car leur naissance alors n'a point fait leur fortune?

Et pourquoi le poète, insensible à ses pleurs,
Ne nous viendrait-il pas raconter ses malheurs?
Sont-ils donc moins touchants, moins dignes qu'on les plaigne
Que ceux, rares pourtant, de la caste qui règne?
Faut-il voir froidement les combats que soutient
Ce noble travailleur des mains de qui tout vient?
L'éclat retentissant que font les grandes chutes
Doit-il plus émouvoir que ces maux et ces luttes
Dont chaque jour, sans bruit, se meurt la pauvreté?
Grâce au ciel ! je suis pur de cette iniquité :
Mes éloges n'ont pas d'injustes préférences,
Et mon cœur compâtit à toutes les souffrances.
Quiconque est malheureux et souffre, je le plains;
Chaque belle action me fait battre des mains;
A tout homme d'honneur j'accorde mon estime,
Et sans distinction je condamne tout crime;
Aussi trouvé-je bien que le drame parfois,
Désertant les palais et des grands et des rois,
Se fasse plébéien et nous parle des masses;
Qu'il transporte la scène aux champs ou sur les places;
Qu'il prenne pour héros l'indomptable ouvrier
Qui féconde la terre ou peuple l'atelier;
Qu'il nous le montre à l'œuvre et nous l'offre en exemple;
Qu'ouvrant au peuple entier les portes de son temple,
Il nous dise sa vie, il nous peigne ses mœurs,
Ses maux, ses passions, ainsi que ses clameurs,

Et son abaissement et ses grandes colères,
Et toutes ses grandeurs, et tou'es ses misères.
Heureux si, de leur art un peu plus soucieux,
Les auteurs voulaient faire un choix judicieux,
Et ne prendre, parmi cet amas de richesse,
Que les biens avoués par la délicatesse;
Mais combien de nos jours s'occupent de ce soin !
La plupart sont mordus par un autre besoin ;
La question de l'art leur est chose frivole,
C'est à celle du gain que chacun d'eux l'immole.
Aussi, pour obtenir un succès théâtral,
On ne respecte rien, même le sens moral;
Et l'on exploiterait l'infamie et la honte,
Pourvu qu'en fait d'argent on y trouvât son compte.

V

Qui n'a pas entendu les bruyantes clameurs
Que pousse à tout propos le peuple des rimeurs?
Mécontents du public, pour eux sans déférence,
Ils accusent son goût et son indifférence,
Et lancent l'anathême à ce siècle maudit
Qui les laisse sans gloire et surtout sans crédit.
Je ne crois pas qu'il soit de plainte mieux fondée,
Car on est peu dévot au culte de l'idée.

La foule s'est toujours pressée à d'autres chars.
Les vrais admirateurs des lettres et des arts,
Rares esprits de choix, amoureux de l'étude,
N'ont jamais envahi le monde en multitude.
Ce siècle est en cela comme ses devanciers :
Il préfère avant tout la griffe des banquiers.
A peine s'émeut-il, même aux plus belles pages
Des meilleurs écrivains, dans leurs meilleurs ouvrages
Et l'on ne voit que trop l'élite des auteurs
Malgré tous leur génie; avoir peu de lecteurs.
  Faut-il au public seul en imputer la faute?
Et quoique le poète aille la tête haute,
Croit-il être sans torts? ne doit-il pas enfin
S'accuser d'une part de son mauvais destin?
  Nous sommes dans un temps de claque et de tumulte,
Où tout ce qui rapporte obtient seul notre culte;
Où l'on rêve d'argent, de spéculation;
Où le lucre est pour tous l'unique passion ;
Où le civisme baisse et hausse avec la rente ;
Où l'or fait battre seul notre âme indifférente.
Que font les écrivains ? Pris du même frisson,
Avec le siècle, en tout, ils sont à l'unisson.
A la coupe du jour ils s'empressent de boire,
Et bon nombre d'entre eux ne mesurent la gloire
Qu'au chiffre des gros sous que leur livre leur vaut.
Ils respirent l'argent; c'est de l'or qu'il leur faut!

L'art d'écrire, pour eux, n'est pas un sacerdoce :
Leur âpre avidité le transforme en négoce,
Et ces gens pour qui l'art n'est rien plus qu'un métier,
Contre l'indifférence osent se récrier!
Ils accusent le monde, et chacun d'eux se pose
En traficant de vers, en fabricant de prose!
L'indifférence est due à l'auteur charlatan
Qui veut battre monnaie et se met à l'encan ;
Qui transforme en bazar son cabinet d'étude:
Il ne mérite pas notre sollicitude ;
Et le public devrait délaisser l'écrivain
Dont l'inspiration n'est que l'amour du gain.
Tout labeur, je le sais, mérite son salaire.
Je n'en excepte pas le travail littéraire,
Et, quand on refléchit à son but important,
Il en est même peu qui le mérite autant.
Sans doute il faut d'abord travailler pour la gloire :
C'est l'effort le plus noble et le plus méritoire ;
Et l'estime du monde est, pour les bons écrits,
La seule récompense et le plus digne prix.
Mais outre cependant cette flateuse estime,
On peut revendiquer un profit légitime.
Je suis loin d'y trouver quelque chose de bas.
Vivre de son travail ne déshonore pas :
Malgré des préjugés que l'on écoute encore,
C'est de tous les moyens le seul qui nous honore,

Le seul qu'une belle âme avoue avec fierté,
Qui nous fasse jouir de notre liberté.
Pour le poète, aussi, c'est le plus honorable.
Je le trouve surtout de beaucoup préférable
Aux soins que les auteurs se donnaient autrefois,
Afin de s'enrichir, grâce aux faveurs des rois.
L'Arétin me dégoûte, et j'aime peu Desporte ;
Et le manteau troué que Diogène porte
Vaut mieux que les turbots que, sans rougeur au front,
Aristippe gagnait en souffrant un affront.
Oui, notre dignité pâtit de ces manœuvres,
Mais non de vivre avec le produit de nos œuvres ;
Et je ne blâme ici que la cupidité
Qui fait de ce moyen un trafic éhonté,
Et qui compromet l'art avec son tripotage.
L'excès, funeste en tout, l'est ici davantage.
Il ne peut engendrer que le triste besoin
De produire beaucoup, à la hâte et sans soin.
Le bloc alors sera cuvette ; mais qu'importe
A ces gens pour qui l'art n'est qu'une lettre morte ?
Il s'agit bien pour eux d'esthétique ou de goût ;
Ils songent seulement à faire argent de tout.
Que fait au maquignon les défauts de la bête ?
Qu'elle cloche du pied et porte mal la tête,
S'en inquiète-t-il dès qu'il s'en défait bien ?
Pour lui le gain est tout et le reste n'est rien,

Et le plus beau coursier, quand il perd à la vente,
Ne vaut pas le profit du dernier rossinante.
Des maquignons de l'art, tels sont les sentiments :
Pour eux, qui ne voient rien que leurs trafiquements,
Il suffit d'allécher, et, du haut de l'estrade;
De savoir pour tout art débiter la parade,
Et quand les spectateurs, fouillant dans leur gousset,
A la fin ont glissé leur argent au guichet,
Et qu'on a fait ainsi des recettes fécondes,
Alors tout est au mieux dans le meilleur des mondes :
La recette empochée, on se rit des holà !
  Il faut le confesser, toute la plaie est là.
Je sais que le public, avec ses préférences,
A la plus grande part dans ces tristes tendances,
Et que ce qui surtout nuit à l'art sérieux,
C'est de son mauvais goût le choix injurieux.
Epris le plus souvent de futiles idoles,
On le voit faire queue après les gens frivoles.
Quel qu'il soit, l'homme en vogue est applaudi toujours :
Il n'a rien à risquer pour les plus sots discours,
Car il est assuré d'être approuvé, quand même,
De la masse pour lui complaisante à l'extrême.
On semble lui donner le droit d'extravaguer.
Mais ce n'est pas ce droit qu'il est beau de briguer :
Ce n'est point par une œuvre où la vertu déroge,
Qu'il faut jamais tenter d'obtenir quelque éloge.

Où donc et depuis quand le rôle des auteurs
Est-il de s'abaisser pour plaire à ses lecteurs ?
Depuis quand faut-il donc, qu'insoucieux esclave,
Le poète se plie au goût qui se déprave ?
Quoi ! doit-il s'allier à la corruption,
Au lieu de lui jeter sa malédiction ?
Ah ! j'en appelle à toi, satirique grand homme,
Qu'indignaient de ton temps les scandales de Rome !
Certes, quoi qu'en ait dit maint zoïle chagrin,
Les lettres ne sont pas encore à leur déclin ;
Notre siècle, du moins dans sa moitié première,
En a splendidement parcouru la carrière,
Et l'on ne peut nier, sans se montrer ingrat,
Qu'il ait jusqu'à ce jour brillé d'un vif éclat :
Mais s'achevera-t-il avec la même gloire ?
Nul n'aurait plus que moi de bonheur à le croire,
Car nul n'a plus au cœur, quel que soit son drapeau,
L'orgueil de la patrie et le culte du beau.
Mais, sans vouloir pourtant parler en pessimiste,
Je ne puis le cacher, certain signe m'attriste.
Je m'effraie en voyant, même chez les meilleurs,
Que l'âpre amour du gain envahit tous les cœurs ;
Qu'il a déjà gâté les esprits les plus sages.
Ces signes précurseurs sont de mauvais présages,
Et c'est pour l'avenir un augure affligeant,
De voir primer en tout la question d'argent.

Voilà le grain fatal qui rend l'horizon sombre :
Déjà plus d'un lévite est atteint de son ombre ;
Beaucoup dans la tourmente ont déjà succombé.
En est-il encore un qui ne soit pas tombé ?
Lequel, pour rester pur, fut assez magnanime ?
Oh ! nous avons tous pris le chemin de l'abîme.
Il est temps qu'on s'arrête ; il est temps que les forts,
Pour résister au mal, unissent leurs efforts ;
Qu'ils marquent d'un fer chaud les publicains du temple ;
Que pour mieux réussir ils nous prêchent d'exemple ;
Que le public enfin daigne y prêter les mains,
En n'applaudissant plus que les bons écrivains.
Sinon, il nous faudra bientôt dire peut-être :
On ne pense, on ne parle, on n'écrit plus en maître.

VI

A mon Ami D...

Ami, je l'ai toujours gravé dans mon esprit :
Tu m'as dit mainte fois et mainte fois écrit
Que ton âme souvent et s'exalte et s'élève.
Telle monte aux rameaux la fécondante sève ;

Ainsi le feu divin s'insinue à ton cœur,
Et te voilà rempli du souffle inspirateur !
Et sous l'impression dont ton âme est saisie,
Tu ne sens, tu ne vis que pour la poésie !
Et ce trouble vainqueur te commande et fait loi !
Et tu deviens alors un poète aussi, toi !....
Puis, quand au plus haut point est ton enthousiame,
Soudain le ciel l'abat par un amer sarcasme :
Le besoin te ramène à la réalité.
Alors, adieu le rêve et son monde enchanté !
Ton ciel tout rembruni se couvre de nuages ;
Tu vois fuir loin de toi les riantes images ;
Et tout découragé, sombre et triste à l'excès,
Tu rejettes au loin ta plume et tes essais ;
Et sous ce désespoir qui vient te serrer l'âme ;
De l'inspiration en toi s'éteint la flamme ;
Et tu ne songes plus qu'à faire tes adieux
Au bel art de parler dans la langue des dieux ;
Et ton front pâle alors en silence se penche !
Car tu n'as plus, dis-tu, les sourires de Blanche ;
Car les illusions, la jeunesse, l'amour,
Et l'espoir du bonheur, tout t'a fui sans retour !...

Toi, qu'à chanter encor la jeunesse convie,
Espérais-tu vider la coupe de la vie
Sans y trouver de fiel?
Mais il n'est rien de pur ni de stable en les choses;
Sur le même arbrisseau l'épine est jointe aux roses,
Et l'amertume au miel.

Avais-tu donc besoin d'épreuve pour l'apprendre?
Fils du peuple et poète, il fallait bien t'attendre
A connaître les pleurs.
C'est en vain que l'on naît sous une heureuse étoile,
Il n'est pas de destin qui parfois ne se voile
Sous de noires vapeurs.

D'ailleurs, qui ne le sait? la fortune volage
S'irrite et s'adoucit, et d'un excès de rage
Parfois passe à l'amour.
Elle peut dérider son visage sévère;
Elle peut, n'ayant plus qu'une haine légère,
Te donner maint beau jour.

Ah! rouvre donc cœur à toute l'espérance;
Et, reprenant courage, avec plus d'assurance,
Affronte l'avenir.
Le sort n'est pas toujours de bronze; et la tempête
Toujours ne choque pas contre la même tête :
Tes maux peuvent finir.

Et quand du ciel encor la colère inflexible
Ferait peser sur toi son joug le plus terrible,
Crains-tu la pauvreté ?
De ne point être riche est-ce donc infamie?
Frère dans le malheur, ô que ma voix amie
Relève ta fierté !

Au poète inspiré, qu'importe la misère?
Il sait que plus touchante est la gloire d'Homère
D'avoir tendu la main.
Le sort du Comoëns, du Tasse ou de Cervante,
A beau le menacer, tranquille et ferme il chante,
Bravant le sort d'airain.

En vain de Malfilâtre il voit l'ombre plaintive
Souriant à Gilbert, l'infortuné convive :
Il ne s'en émeut pas ;
Et, poursuivant sa tâche au milieu des alarmes,
Au poète qui tombe il accorde ses larmes,
Sans craindre son trépas.

C'est qu'i ln'ignore point que l'oublieuse terre
Aime à s'entretenir du nom sacré d'Homère,
Malgré ses trois mille ans ;
Et que, plus que ses Dieux, il a vécu lui-même,
Ce grand poète-roi de qui le diadème
Demeure respecté du temps.

VII

Il vient, le sourire à la bouche,
Et, s'étant penché sur la couche,
Elle l'entendit murmurer :
« Sur ce beau rayon de lumière
Je reviens dans notre chaumière :
Ma sœur, pouvais-je m'égarer?

Mais tu pleures ! Pourquoi ces larmes
Qui de tes yeux voilent les charmes?
Ton jeune frère t'est rendu.
Ainsi qu'aux jours de mon aurore,
Je te veux, une fois encore,
Sourire, à ton cou suspendu.

Je veux te dire que je t'aime,
Et sur ton front, pour diadème,
Déposer un baiser d'adieu.
Ton âme est la sœur de mon âme,
Et dans le ciel je la réclame
Auprès de la Mère de Dieu.

A cette heure où, digne d'envie,
Enfant, j'abandonnai la vie,

Souvent si rude à parcourir,
T'ai-je pas dit avec tristesse :
Parés de grâce et de jeunesse,
Ensemble il nous faudrait mourir !

Mais non ! reste, ô sœur bien aimée !
Dans cette chaumière enfumée
Où la nuit je sais revenir,
Au vent ne livre pas les voiles :
Dans le beau pays des étoiles
Tu garderais un souvenir.

Rêvant aux lieux où ton enfance
S'écoulait, riche d'espérance,
Sous l'aile de l'ange gardien,
Tes regards chercheraient la terre.
Au ciel on regrette la mère
Qui fut notre premier soutien.

Reste, car même en nos demeures
Les chagrins y sonnent leurs heures,
Et nous avons aussi nos maux.
Qui de nous goûterait des charmes,
Quand d'une mère il voit les larmes
Tomber sur de vides berceaux.

D'ailleurs, sur la terre elle-même,
Ainsi qu'au ciel déjà l'on aime ;

Déjà, par ce sentiment pur,
La Providence vous envoie
Comme un rayon de cette joie
Que l'on goûte au céleste azur.

Oh ! reste ! mais loin de la ville
Cache aux champs ton heureux asile,
Afin d'avoir des rêves d'or.
Si je devais un jour renaître,
J'habiterais ce toit champêtre :
Ici je voudrais vivre encor. »

Il disait, et sa voix, que la rêveuse écoute,
Semblait être un écho de la céleste voûte,
Lorsque les harpes d'or chantent l'hymne éternel ;
Et, des songes heureux amenant la famille,
Il enchanta longtemps la douce jeune fille
Avant de remonter au ciel.

ÉPISODE.

VIII

Quoi donc te préoccupe, ô blonde fille d'Ève?
Tes regards sont voilés d'une molle langueur :
Ton âme, qui se plonge en je ne sais quel rêve,
Semble écouter la voix de l'ami de ton cœur.

Oui, je te vois souvent, accoudée avec grâce,
Laissant pencher ton front, devenu soucieux,
Distraite, indifférente à tout ce qui se passe,
Et sur aucun de nous n'arrêter tes beaux yeux.

Qui peut jeter en toi tant de mélancolie?
Quel mystère te force à rester recueillie?
Est-ce quelque chagrin, ou serait-ce un désir?

Ah ! quel qu'il soit, heureux qui te rend si rêveuse,
Et du reste du monde à ce point oublieuse;
Heureux à qui s'adresse un pareil souvenir !

XI

Je le sais, au seul mot de passion de cœur,
Le monde fait siffler le sarcasme moqueur.
Mais que ce vieux blasé, s'il le veut, en sourie ;
Que ce ne soit pour lui qu'objet de raillerie,
Je n'en dirai pas moins ce mot si profané,
Qui ne devrait jamais être à faux entonné :
J'aime ! c'est l'amour seul qu'aujourd'hui je respire.
J'ose ne pas m'en taire et me plais à le dire.
Illusions du cœur ! oui, je me livre à vous.
Venez me caresser des rêves les plus doux.
J'aime votre idéal et ce charme ineffable
Qui sait rendre l'amour plus noble et plus aimable.
Il me faut plus, à moi, que cet emportement
Qu'une fébrile ardeur communique un moment.
Ah ! ce n'est point que là qu'est le bonheur suprême.
A peine est-ce moitié des plaisirs, quand on s'aime.
Oh ! mon cœur a besoin d'amour, comme mes yeux
Des rayons du soleil qui brille dans les cieux.
Je connais la douceur des baisers d'une amante :
Une bouche adorée est la coupe enivrante
Où je voudrais puiser le bonheur à longs traits ;
Mais je veux de l'amour tous les autres attraits,

Et ce je ne sais quoi, plus doux que le délire,
Plein d'un ravissement que je ne puis décrire.
Otez ce charme heureux, toute la volupté
En est réduite au mets de la réalité,
Et l'on ne fait alors que de flairer un baume
Auquel on a ravi son plus suave arome.
  A mi-côte placé, voyez-vous ce hameau
Qui domine le val, à droite du ruisseau ?
C'est là, dans cette vieille et rustique chaumière,
Qu'en entrant au village on atteint la première.
Quelques murs en ruine, assis sur un rocher;
Plus bas un petit clos où bourdonne un rucher ;
De simples fleurs des champs, des arbres, de l'ombrage,
Tels sont les ornements de cet endroit sauvage.
Quelquefois au sommet d'un mont aride et nu,
Où rampe quelque arbuste avec peine venu,
Humble autant que jolie, une fleur naît et pousse
Parmi le vert gazon et les tapis de mousse.
Ainsi ma bien-aimée, en son obscur réduit,
Belle et modeste fleur, brille et s'épanouit.
Et moi qui suis un homme et dont l'âme est aimante,
Puisqu'il me fut donné de voir cette charmante,
J'aurais pu rester froid devant ce don du ciel !
Depuis quand les bourdons n'aiment-ils plus le miel?
Ah ! qu'un autre la voie avec indifférence :
C'est en elle aujourd'hui que me rit l'espérance ;

C'est son cher souvenir qui vient et vient encor
A mon esprit charmé donner des songes d'or ;
Et ce sont ces instants que j'ai passés près d'elle
Dont m'entretient toujours ma mémoire fidèle.
Que les heures d'amour passent rapidement !
Si longues qu'elles soient, ce ne sont qu'un moment.
Éphanchement du cœur et voluptés de l'âme,
C'est trop vite laisser s'éteindre votre flamme.
O vous, instants heureux et sitôt dépensés !
Pourquoi si tard venus ? pourquoi sitôt passés ?
Ne reviendrez-vous plus, plaisirs que je regrette ?
Et vous, doux entretiens que chérit le poète,
Êtes-vous écoulés et perdus sans retour ?
N'aurai-je plus jamais de ces scènes d'amour ?
Baisers qu'on laisse prendre avec étourderie,
Charmants demi-aveux faits dans la causerie,
N'animerez-vous plus ces tendres entretiens,
Toujours tard prolongés et roulant sur des riens ?
Et du bouquet placé sur son sein qui palpite,
Ne la verrai-je plus ôter la marguerite,
Afin de consulter cet oracle charmant
Qui ment, s'il ne lui dit que je l'aime ardemment ?
O souvenirs aimés de la plus douce joie !
Si le ciel quelque jour de nouveau vous renvoie,
Instants délicieux qui faites mon bonheur,
Ah ! puissiez-vous alors couler avec lenteur !

IX

Toi qui nous fais sourire ou répandre des pleurs,
Sympathique Vénus, divinité suprême !
O source de l'amour ! ô toi par qui tout s'aime !
Toi par qui les zéphirs s'en vont baiser les fleurs ;

O toi qui produis tout ! qui fais que l'étamine,
Quand l'instant est venu de leurs embrassements,
Sur le pistil ouvert avec amour s'incline,
Et répand le pollen dans ses frémissements ;

O toi qui fais s'unir, dans leurs bois solitaires,
La lionne au lion, la cavale au coursier,
La biche au cerf aimé, la colombe au ramier ;
Toi par qui s'accomplit le plus doux des mystères ;

Ah ! puisqu'ainsi c'est toi qui rapproches les cœurs,
Fais donc que la beauté qu'idolâtre mon âme,
Au feu de mon amour elle-même s'enflamme ;
Qu'elle ressente enfin quelque peu mes ardeurs.

Cette jeune beauté, tu la connais, déesse :
C'est de toi qu'elle tient ses attraits gracieux ;
C'est pour elle qu'un jour tu rapportas des cieux
Son art de nous charmer, de nous verser l'ivresse.

Oh ! dans ses regards vifs et rêveurs tour à tour,
Que de bonheur promis et surtout que d'amour !
Oh ! comme le souris de ses deux lèvres roses
Semble, à l'amant aimé, faire espérer de choses !

Mais ce n'est pas assez qu'elle se fasse aimer :
De lui prêter, enfin, ta ceinture pour plaire,
Non, ce n'est pas assez, ô fille de Cythère !
Fais qu'elle m'aime autant qu'elle a su me charmer.

Pourquoi rester cruelle, et que veut-elle attendre ?
Comme si la jeunesse et l'âge des amours
Étaient un vert primtemps qui fleurisse toujours !
Ah ! dis-lui de cueillir les fruits qu'elle peut prendre.

Ignore-t-elle donc que remettre à demain
Est, pour celui qui meurt, le parti le moins sage ?
Ah ! va la conseiller, et, lui prenant la main,
Préviens-la de son sort, dis-lui qu'il vient un âge...

Un âge où se tarit la source des plaisirs,
Où se rident nos fronts, où la beauté s'altère,
Où du temps prompt à fuir le souffle délétère
Vient faner dans nos cœurs la fraîcheur des désirs.

Un âge où vainement la femme se rappelle
Que tout lui souriait et la chantait en chœur ;

Ou de ses soupirants la phalange infidèle
Cesse enfin de briguer une place en son cœur;

Un âge où tout à coup, pris d'un effroi suprême,
Et sur le chemin fait jetant les yeux en vain,
On sent que tout nous fuit, que l'on n'est plus soi-même,
Et que déjà l'on touche au jour sans lendemain!. .

Ah! qui trouve au matin de belles fleurs écloses
Sous la douce influence et la fraîcheur des nuits,
S'il veut du repentir s'épargner les ennuis,
Qu'il cueille sans retard violettes et roses!

XI

Aimable et belle, à te former
Le ciel a paru se complaire;
En prodigue il a su t'orner
D'une grâce fine et légère:
Mais toi qu'il fit pour me charmer,
Toi qu'il me rend déjà si chère,
Oh! dis-le moi, t'apprend-il à m'aimer
Autant qu'il t'apprend à me plaire?

XII

Je l'ai, cet aveu de ma belle,
Après quoi mon cœur soupirait !
Elle avait le mien et savait
Quel tendre amour j'avais pour elle,
Et pourtant elle se taisait !

Je l'ai, cet aveu de ma belle.
Tout doucement il me fut fait :
Mais pourvu qu'il soit franc et net,
Et qu'elle y soit toujours fidèle,
Oui, mon bonheur sera parfait !

XIII

Charmant petit mouchoir que ses mains ont brodé,
Et que pour souvenir elle m'a laissé prendre,
Après m'avoir un peu prié de le lui rendre,
Que tu seras par moi fidèlement gardé !

Du jaloux Othello, malheureuse maîtresse,
Tu ne l'avais donc pas, son tendre souvenir,
Sans cesse sur ton cœur, à ta bouche sans cesse,
Qu'une infidèle main ait pu te le ravir ?

Toi que souvent je baise et que je baise encore,
Rien auquel cependant j'attache tant de prix,
Va, j'aimerai de toi jusqu'au dernier débris,
Et te garderai mieux que l'épouse du More.

De quel bonheur, ami, tu viens m'entretenir !
Combien d'heures d'amour, trop promptement passées,
Que de tendres propos, que de douces pensées
Dont soudain ton aspect me fait ressouvenir !

Oh ! viens, reviens encore à mon avide lèvre !
Pour la millième fois je te veux embrasser.
De cet heur avec toi faudra-t-il me passer ?
N'est-ce pas déjà trop qu'elle seule m'en sèvre ?

Charmant petit mouchoir que ses mains ont brodé,
Et que pour souvenir elle m'a laissé prendre,
Après m'avoir un peu prié de le lui rendre,
Que tu seras par moi fidèlement gardé !

XIV

Quoi ! soupçonnant à tort que je te feins ma flamme,
Tu craindrais que l'amour ne fût pas dans mon âme ?
Et parce qu'en public je te semble plus froid,
Tu pourrais supposer que mon cœur est étroit !...

En public, il est vrai, je perds de mon audace ;
L'œil indiscret d'un tiers m'intimide et me glace ;
Je ne suis plus le même aussitôt que quelqu'un
Se montre et prend le soin de se rendre importun.
Peu confiant d'ailleurs dans ma science à plaire,
Je crains le ridicule et ne sais rien bien faire ;
Et je préfère alors paraître indifférent.
Mais ne me juge point par cet air apparent.
Car si quelqu'un me plaît, s'il est quelqu'un que j'aime,
Eh ! qui serait-ce donc, si ce n'était toi-même !
Va, doute, si tu veux, de la clarté du jour,
Mais ne doute jamais, jamais de mon amour !
Et qu'importe après tout si je parais moins tendre,
Si ma bouche un instant ne fait plus rien entendre,
Si même mes regards ne sont plus aussi doux,
Lorsque les yeux d'autrui sont arrêtés sur nous !
Ma passion pour toi n'en est pas moins profonde.
D'ailleurs, j'aime à cacher certains secrets au monde.
Qu'un cynique en amour n'ait pas de chasteté,
Qu'il s'obstine à nier jusqu'à l'honnêteté :
Ce n'est point moi jamais qui suivrai son exemple ;
Nous n'aurons, lui ni moi, jamais le même temple ;
Et je laisse Cratès s'en aller à midi
Avec Hipparchia, sa Grecque au front hardi,
Consommer leur hymen au milieu du Pœcile.
Mais il me faut à moi quelque secret asile,

Les endroits écartés et les ombres du soir.
Ah ! jaime pour aimer, non pour le faire voir.
Si l'ostentation convient aux amourettes,
Aux passions de cœur plaisent mieux les retraites.
Ne crois pas que je n'ose avouer mon amour,
Ni que mes sentiments redoutent le grand jour.
Non, un pareil aveu n'a rien qui nous dégrade.
Ce que je ne veux point, c'est d'en faire parade ;
C'est de ne pas courir l'étaler en tous lieux.
Oh ! faisons-en mystère au monde curieux.
Quand le printemps revient, tout paré de verdure,
Pour goûter de l'amour la volupté si pure,
Tout recherche à l'envi les endroits retirés :
Les lieux les plus déserts sont toujours préférés.
Seule dans les buissons soupire Philomèle ;
Loin des autres oiseaux gémit la tourterelle ;
Je ne sais quel instinct leur donne la pudeur
Dans quelque soin secret de cacher leur ardeur.
De même, quand l'amour enfin me sollicite
A fuir la foule aussi je ne sais quoi m'invite ;
Tes baisers sont plus doux, savourés sans témoins ;
C'est en secret que j'aime à t'entourer de soins ;
Là mon cœur s'ouvre mieux aux émotions douces
Et des pensers jaloux ressent moins les secousses.
Que j'aimerais, amie, au milieu des forêts,
M'égarer avec toi loin des yeux indiscrets !

Quand les arbres touffus, répandant partout l'ombre,
Font d'un bois tout entier une retraite sombre,
Que j'aimerais vers toi m'asseoir sur les gazons,
Cachés par des massifs d'arbres et de buissons.
C'est que la solitude est pleine de mystère,
Et que rien ne me plaît comme un bois solitaire.
Des rameaux agités les doux bruissements,
Des tièdes zéphirs les légers sifflements;
Les moucherons fâcheux qui sans cesse bourdonnent;
Les oisillons craintifs dont les chants nous étonnent;
Le jeune tourtereau qui près de nous gémit,
Dont l'aile de plaisir et s'agite et frémit;
Les plantes et les fleurs par les vents carressées,
Et toujours mollement sur leur tige bercées;
Les bruits de la nature, accords harmonieux,
Hymnes du monde au ciel, concerts mystérieux
Qui murmurent toujours sans troubler le silence,
Que notre cœur écoute, où notre âme s'élance;
Tout enfin dans les bois donne un plaisir secret;
Tout invite au bonheur; rien ne nous y distrait.
Rien ne viendrait ainsi troubler nos causeries.
Nous pourrions nous livrer en paix aux rêveries.
Souvent tu me verrais oser te supplier
Que tu laisses mes bras te servir de collier,
Et mes lèvres se pendre à tes lèvres vermeilles
Comme aux grappes de fleurs se pendent les abeilles.

Sauvage enfant ! pourquoi vouloir tout refuser ?
Que m'importe ! je veux la faveur d'un baiser.
Je le veux et l'aurai... Ciel ! quel plaisir suprême
De ravir un baiser à la bouche qu'on aime.
On est insatiable à vouloir des plaisirs :
D'un désir satisfait naissent d'autres désirs.
Oh ! donne à mes baisers, donne encore ta bouche,
Et puissent-ils te rendre à mes vœux moins farouche.
  Puis, quand quelqu'un vers nous vient importunément,
Te dirai-je pourquoi j'ai moins d'empressement ?
Sache que la prudence est encore mon guide.
C'est que pour les amants le monde est si perfide !
Si rarement il plaint la misère d'autrui,
En revanche il envie un plus heureux que lui.
On voit que le bonheur des autres l'importune ;
Il jalouse la joie, il rit de l'infortune ;
Et de ceux qui n'ont point tous ces sentiments bas,
Peut-être, tout bien vu, n'en trouverait-on pas ;
Car au cœur des humains siége la sombre envie.
Si donc parfois l'amour au plaisir nous convie,
Pour le goûter en paix, fuyons les envieux :
N'allons pas sottement l'étaler à leurs yeux.
Eloignons-nous de l'homme et ne donnons pas prise
A sa méchanceté : craignons sa convoitise.
D'empoisonner la joie il a le don fatal :
Il se donne souvent le plaisir infernal

De troubler les beaux jours, d'enfanter les tempêtes,
Et de changer en deuil les plus bruyantes fêtes ;
Et ce méchant pygmée, impuissant pour le bien,
S'il faut faire le mal trouve toujours moyen.
Oh ! crois-en mon amour que ce souci redouble :
Qui veut un bonheur pur que rien jamais ne trouble,
Doit le cacher à tous et s'en taire à dessein.
Ne nous mêlons donc pas au mouvement humain ;
Que loin d'un monde faux s'écoule notre vie ;
Prenons garde surtout de réveiller l'envie ;
Soyons heureux, enfin, seulement entre nous :
Le bonheur ignoré ne fait pas de jaloux.

XV

De cette vie humaine, ô moments les plus doux !
Nous n'étions qu'elle et moi dans cette chambre aimée,
A tout bruit du dehors soigneusement fermée,
Surtout loin des regards indiscrets et jaloux.

Une fenêtre étroite, et que rendaient plus sombre
D'épais et blancs rideaux à dessein déroulés,
— Le grand jour nuit peut-être à nos désirs ailés, —
Y laissait pénétrer moins de clarté que d'ombre.

Le bonheur rend muet, et je ne parlais pas :
J'aimais mieux observer mon amie en silence ;

Admirer sa beauté, contempler ses appas,
Et longtemps je jouis ainsi de sa présence.

Comme le pèlerin qui, muet et pieux,
Se prosterne en extase aux pieds d'une madone,
Ainsi je l'adorais, et toutefois mes yeux
D'un sourire enchanteur semblaient quêter l'aumône.

Enfin je m'écriai : Vierge au regard si doux,
O toi de qui je rêve alors que je sommeille,
Dont je bénis le nom sitôt que je m'éveille,
Oh ! tu le sais, c'est toi que j'adore à genoux !

Mais moi qui maintenant pense avoir su te plaire,
Moi dont les soins heureux m'ont fait aimer de toi,
S'il faut à ta parole ajouter quelque foi
Et croire les aveux que tu daignas me faire ;

Dis, serai-je à jamais l'objet de tes amours ?
Dois-je de ce bonheur caresser l'espérance ?
Fidèle autant que moi, m'aimeras-tu toujours ?
Et veux-tu par serment m'en donner l'assurance ?

A peine avais-je fait ces serments amoureux,
Que mon heureuse amante, à mes accents émue,
Releva doucement sa figure ingénue,
Et sur les miens alors arrêta ses yeux bleus.

16.

Puis, saisissant mes mains que les siennes pressèrent,
Et que contre son cœur elle plaça soudain,
Ses lèvres cette fois saintement prononcèrent
Ce serment, désiré jusqu'à ce jour en vain.

Et je m'approchai d'elle, et recherchant sa lèvre,
J'y goûtai des baisers ravissants de douceur;
Et d'un bras frémissant, l'amenant sur mon cœur,
Je lui communiquai mon délire et ma fièvre.

Puis, quand l'heure sonna de mon éloignement,
De mon amante, alors, la sincère tendresse
Daigna spontanément répéter sa promesse,
Et de nouveaux baisers scellèrent son serment.

XVI

Et cette grâce plus touchante
Encor que tes jeunes attraits,
Et qui sait me ravir sans frais,
Pourquoi veux-tu que je la chante?

A quoi bon louer désormais
Les dons de ton âme charmante,
Les baisers de ta bouche aimante?
Oh! je veux m'en taire à jamais.

C'est que je préfère au tumulte
En secret te vouer un culte,
Dont le sanctuaire est mon cœur.

Les maux qu'on souffre ou qu'on redoute,
On les chante ; mais le bonheur,
Le sage en silence le goûte !

XVII

O partis ! loin de moi ! Je ne veux pas de chaîne,
Ni ne puis consentir à rétrécir l'arène
Où doivent s'agiter les hautes questions
Dont s'inspire aujourd'hui l'esprit des nations.
Que quelqu'autre s'attache un lien politique,
Moi, c'est à demeurer libre que je m'applique.
Pour être indépendant, je me tiens à l'écart,
Et de chaque parti, refusant l'étendard,
Je ne veux que celui du peuple et de la France.
En quelque autre aussi bien placer son espérance ?
Les partis et les cours ont leur camarilla :
Leur petit cercle est tout, rien n'est bien hors de là.
J'ai vu leurs passions, et je connais leurs fièvres ;
Je sais ce qui souvent découlent de leurs lèvres ;

J'ai ouï quelquefois éclater leur courroux ;
Je les ai vus de tous et d'eux-mêmes jaloux ;
Je n'ignore pas plus leurs guerres intestines,
Leur plate ambition pour des choses mesquines,
Et des partis alors à jamais dégoûté,
J'emporte loin d'eux tous ma chère liberté !
Ce n'est pas que pourtant je conserve rancune
A ceux qu'on voit s'aider pour une œuvre commune.
On devient tous plus forts en se donnant la main.
D'ailleurs, et ce n'est pas le moindre mal humain,
Bon droit a besoin d'aide, et toujours il échoue
Si quelqu'un ne l'appuie et ne pousse à la roue.
Puis, de tout ce que l'homme ou pense, ou dit, ou fait,
N'espérons d'obtenir jamais rien de parfait.
Faisons la part de tout : n'ayons pas la folie
De jeter le nectar à cause de la lie.
Rien n'est sans tache au monde, et l'on dirait qu'il faut
Qu'en bas soit de la fange et de l'écume en haut.
La pourpre et les haillons cachent les mêmes vices ;
Nous sommes tous sujets aux mêmes injustices ;
Et, triste vérité ! les châteaux et les cours
Sont peuplés de vauriens comme les carrefours.
Mais si chaque parti compte des misérables,
Tous ont aussi pourtant des hommes honorables.
Parmi la friperie on rencontre parfois
Des diamants de prix et des objets de choix.

Quel que soit son drapeau, j'estime l'homme austère
Et m'incline devant un noble caractère.
Mais au sein d'un parti, ce coupe-gorge obscur,
Ah ! qu'il faut être fort pour rester toujours pur.
Car quand on est imbu de cet esprit funeste,
Malgré tout ce qu'on fasse, on en conserve un reste.
On porte à son insu je ne sais quels liens ;
Le plus indépendant appartient tout aux siens.
Et la contagion de mille petitesses
Gagne insensiblement et nous pousse aux bassesses.
Les nôtres nous cloûraient d'ailleurs au pilori
Et se constitueraient en sorte de jury,
Si nous n'avions pour eux autant de complaisance
Qu'envers leurs ennemis ils veulent d'exigence.
Je me veux affranchir de toute intimité
Pour blâmer ou louer en pleine liberté :
N'importe où soit le mal, mon cœur le désapprouve,
Et j'applaudis au bien partout où je le trouve.

XVIII

Je me souviens encor de ma vive allégresse ;
Je sais que comme tous j'eus mon heure d'ivresse ;
Oui, quand des d'Orléans est tombé le pouvoir,
Mon cœur a palpité de plaisir et d'espoir.

L'avenir m'apparut sous un jour magnifique.
C'est que ma foi crédule, au nom de république,
Des Grecs et des Romains, enviant les grandeurs,
Rêvait pour mon pays de pareilles splendeurs.
Puis, je me rappelais que les journaux, naguère,
Avaient fait aux abus une implacable guerre,
J'avais vu nos tribuns honnir la royauté,
Censurer son cynisme et sa déloyauté,
Et, beaux d'un fier mépris, fulminer l'anathême
Sur la corruption érigée en système.
Alors quand ces censeurs, par un coup plein d'éclat,
Se furent emparés des rènes de l'Etat,
J'ai cru que toute intrigue allait être proscrite;
Qu'on-saurait à son prix estimer le mérite,
Et qu'enfin cette fois il pourrait l'emporter
Sans que pour lui personne eût à solliciter;
Car c'est un mal immense et presque sans remède,
S'il lui faut pour briller des appuis et de l'aide.
J'ai cru que, désireux de défendre nos droits,
Nos Lycurgues sauraient le prouver par leurs lois;
Qu'ils allaient consacrer, dans leur législature,
Tout principe conforme à ceux de la nature;
Ne plus voir désormais, dans chaque plébéien,
Qu'un homme leur égal et comme eux citoyen;
Comprendre et respecter la dignité de l'homme
Mieux même qu'aux beaux jours de la Grèce et de Rome,

Et que, grâce à leur œuvre, il n'existerait plus
D'autre inégalité que celle des vertus.
J'ai cru que pour toujours on ferait disparaître
Tout ce qui rappelait et l'esclave et le maître;
Que cette fois ton règne, ô chère liberté !
Allait passer du rêve à la réalité;
Et que, trouvant en toi le meilleur équilibre,
Le monde enfin saurait mériter d'être libre!
 O vaine illusion ! espoir encor plus vain !
On peut changer ses chefs, mais non le cœur humain.
Un pestiféré meurt sans emporter la peste.
J'ai vu Philippe à bas, et les abus de reste.
La révolution, malgré tant de clameurs,
Ne put modifier nos détestables mœurs;
La bassesse de tous resta toujours la même,
Et la vénalité survécut au système.
Je ne veux point parler des premiers mauvais jours,
Car, qui donc ne le sait? pour un instant, toujours,
Quand une nation s'est soudain affranchie,
La chute du tyran fait place à l'anarchie.
Ainsi, quand un orage éclate avec fureur,
Il semble de la mort n'apporter que l'horreur;
Mais de ses flancs, d'où tombe en grondant le tonnerre,
Vont ruisseler des biens attendus par la terre.
Tout allait dessécher, il pleut, et tout renaît :
La verdure reprend sa fraîcheur au bosquet:

La fleur, qui se penchait fanée et languissante,
Se relève plus belle et plus resplendissante;
Le soleil se remontre et dissipe aisément
Le désordre causé dans le premier moment,
Et la terre arrosée et que le vent ressuie,
Sourit à l'ouragan qui lui versa la pluie.
O révolution! faut-il sourire ainsi?
Mais quoiqu'à l'horizon ton ciel soit éclairci,
Montre-nous tes bienfaits? montre-nous tes réformes?
Je ne vois de changé que des noms et des formes;
Et dans le premier trouble où jeta février,
Si la peur fit presser la main de l'ouvrier,
On oublia bientôt d'hypocrites caresses,
Et nul ne se souvint d'avoir fait des promesses.
La pauvre liberté fut poussée à l'écueil,
Et chaque ambitieux borna tout son orgueil
A grandir Bonaparte, à lui dire: Gouverne,
Afin d'être en sous-ordre un tyran subalterne.
La raison de l'enfant est la crainte du fouet.
En serait-il ainsi, même de l'homme fait?
Et malgré sa démarche et plus ferme et plus fière,
A-t-il toujours besoin d'un bout de sa lisière?...
Ils ont eu le pouvoir, nos libéraux pur sang,
Qui s'étaient tous montrés fiers d'être au premier rang;
Que je les ai trouvés dégénérés d'eux-mêmes!
Démentant leur passé, reniant leur système,

Louant ce qu'avec force ils avaient combattu ;
Condamnant ce qui fit leur gloire et leur vertu,
On les vit tout à coup, avec un front cynique,
Devenir apostats de leur foi politique.
Ah ! croyons qu'ils n'ont font fait que de manquer de cœur.
Ces hommes, dont un rien outrageait la pudeur,
Ces Catons qui criaient à nous rompre la tête,
Quoi ! n'auraient-ils ainsi présenté de requête
Que contre les abus dont ils ne vivaient pas ?
Mais de toucher à ceux qui soldaient leurs galas,
Qui leur faisaient avoir bon gîte et bon chère,
Était-ce ce dont tous ne se souciaient guère ?
Leur civisme apparent était-il frelaté ?
Et, bien que parlant haut de leur austérité,
Leur zèle n'aillait-il qu'à vouloir les réformes
A leur seul intérêt propices et conformes ?
Oh ! si j'osais !... mais, chut ! n'abordons pas ce point.
Taisons la vérité : l'homme ne l'aime point ;
Et celui-là toujours finit par être dupe,
Qui de ses intérêts de bonne foi s'occupe.
Parle, si tu veux voir s'élever contre toi
Ceux auxquels les abus concèdent quelque emploi,
Qui vivent aux dépens de la sottise humaine,
Et semblent s'adjuger le monde pour domaine ;
Et la foule des sots, si nombreuse en tout temps,
Applaudissant des mains, ira grossir leurs rangs ;

Et dupes et dupeurs, par leur digne alliance,
Aisément forceront ta raison au silence
Et tu verras ainsi ta verve et tes bons mots
Couverts par les hourrahs des jongleurs et des sots !
Que dis-je? ah ! c'est trop peu. Ta vertu bafouée
N'a pas qu'à redouter une ironique huée.
Que sert-elle à ce Grec vainqueur à Marathon ?
Quel sort l'austérité donne-t-elle à Caton ?
Eh ! l'homme?... Il a contraint ce juste au suicide;
Il fait mourir Socrate, il exile Aristide;
Les Gracques sont à Rome abandonnés par lui :
Cela fut autrefois, c'est encore aujourd'hui ;
Et si le Christ, repris d'une pitié profonde,
Renaissait de nouveau pour racheter le monde,
Il verrait l'homme, ingrat pour la seconde fois,
Le renier de même et le remettre en croix !
Et tu voudrais songer à guérir sa misère?
Réchauffe dans ton sein plutôt une vipère,
Ou crains que tes bienfaits n'excitent sa fureur;
Car, guidé par l'esprit d'égoïsme ou d'erreur,
Il s'est rendu fameux par l'oubli des services,
Heureux quand on n'a pas à craindre ses sévices.
Le dévoûment réel ne fait que des ingrats :
Sème l'hypocrisie et tu récolteras.

En pensant que du bien s'accroît toujours la somme,
Je me surprends parfois moi-même à vanter l'homme !

Ah ! le monde peut tendre et la tête et le cou,
Je doute que cela le hausse de beaucoup .
Il a beau me montrer ses rares Briarées;
Il a, comme la mer, ses diverses marées;
Il s'élève et s'abaisse, et ses flux et reflux
L'emportent tour à tour des vices aux vertus.
Comme les jours mauvais succèdent aux prospères,
Un siècle est quelquefois plus petit que ses pères,
Et des géants ont eu pour héritiers des nains :
Augustule le fut des demi-dieux romains,
Et ce peuple si grand, qu'à peine on peut le dire,
Est devenu plus tard le peuple bas-empire.
J'ai vu le monde agir, j'ai vécu, j'ai pensé;
Je connais quelque peu l'histoire du passé ;
J'assiste en spectateur à l'époque où nous sommes,
Et je suis à moitié désenchanté des hommes ;
Et sans haine contre eux, mais non pas sans chagrin,
Je les laisse passer et fais seul mon chemin.

XIX

O famille ! est-il vrai que certains novateurs
Aient poussé contre toi des cris réprobateurs ?

Qu'ils veuillent, possédés d'une étrange folie,
Abolir le lien le plus saint de la vie?
Faire du genre humain un immense troupeau?
Quel chaos règnerait dans ce monde nouveau!
Où rien, en l'unissant par une double chaîne,
Ne servirait de base à la famille humaine;
Où, comme les objets, frères, enfants, époux,
Seraient tous confondus et tous communs à tous!
Eh quoi! rien ne viendrait joindre la sœur au frère?
Les enfants inconnus méconnaîtraient leur père,
Et les liens du sang étant anéantis,
Il n'existerait plus de père ni de fils?
L'amour, ce sentiment que l'on ne peut détruire,
On le pervertirait, on saurait le réduire
Au contentement seul des désirs sensuels,
A l'assouvissements des appétits charnels!
Insensés novateurs! quelle rage vous pousse?
Contre l'humanité, quel démon vous courrouce?
Est-ce quelque infortune et l'aspect des heureux
Qui vous auraient pu rendre à ce point envieux?
Vous qui venez prôner un semblable système,
N'avez-vous pas connu de père qui vous aime?
Pour vous faire sourire ou bien vous apaiser,
N'avez-vous pas reçu le maternel baiser?
Oh! si d'ingrats parents, après votre naissance,
Jusqu'à vous délaisser ont poussé la démence,

Ou si leur prompt trépas vous a faits orphelins,
Je vous condamne alors bien moins que je vous plains !
— La famille ! dit-on, et qui songe à l'éteindre?
On cherche à l'agrandir au lieu de la restreindre :
On ne la borne point dans la communauté,
Où l homme pour famille aurait l'humanité.
O rêve ! mais croit-on que nous ayons une âme
Qui pourrait contenir une pareille flamme?
Ah ! notre cœur, borné dans son expansion,
Chétif, n'est pas créé pour cette passion.
Et notre amour sur tous, versé sans retenue,
C'est la goutte de miel qui, dans l'eau répandue,
Perd son plus doux parfum et toute sa saveur.
Il n'est rien, s'il n'est pas une expresse faveur;
Il ressemble au circuit que, sur l'onde mobile,
Produit en retombant et trace un projectile,
Et que l'œil qui le suit voit fuir et s'effaçant
A mesure qu'il croît et va s'élargissant.
Il faut le concentrer, comme fait la famille.
Peu de chose est pour moi l'amour qu'on éparpille :
L'indifférence et lui se touchent de la main ;
Et je crois que l'on peut dire du cœur humain,
Sachant quel cercle étroit en cela l'environne :
Vouloir aimer tout le monde, est n'aimer bien personne.
Union de la femme à l'homme; vie à deux
Qui seule satisfait et seule rend heureux ;

Hymen ! toi qui, malgré des discordes sans nombre,
Des désordres honteux qui s'agitent dans l'ombre
— De nos cœurs imparfaits fruits amers et forcés —
N'en est pas moins encor, pour les hommes sensés,
Le plus bel idéal et la plus douce chose ;
L'avenir où l'on tend et l'espoir qui repose ;
Tendres soins dont un père entoure ses enfants,
Que son amour prodigue à leurs plus jeunes ans ;
Devoir cher à son cœur et dévoûment sublime
Qui le porte au travail et sans cesse l'anime ;
Touchantes amitiés des frères et des sœurs,
Sentiments si féconds en célestes douceurs ;
De la maternité vigilante tendresse ;
De l'enfance enjouée indicible caresse ;
Quoi ! vous ne seriez plus ! Des hommes assez fous
Veulent que le bonheur soit ailleurs que chez vous !
Il faut n'être point fils ; il faut qu'on désespère
De pouvoir à son tour devenir jamais père ;
Il faut de la famille et de son heur sacré,
Depuis sa première heure avoir été sevré,
Pour vouloir supprimer cette source féconde
Des plaisirs les plus grands qui soient donnés au monde !
O mes parents aimés ! j'en appelle à vos cœurs
Contres les tristes lois de ces législateurs !

XX

Honte à jamais aux gens, lâches et versatiles,
Pour qui les trahisons paraissent si faciles !
Ils avaient salué le soleil de Juillet ;
Ils ont jusqu'à la fin partagé son budget ;
Et si les d'Orléans étaient aux Tuileries,
Ils leur prodigueraient encor leurs flatteries ;
Mais Philippe déchu, le vingt-cinq février,
Plus haut que les vainqueurs je les ai vus crier :
« La France, trop longtemps, a souffert en silence
Du bourgeois de Neuilly la cupide insolence ;
» Pour elle rien n'était plus digne ni plus grand
» Que de briser le joug du ministre de Gand ;
» De chasser du pouvoir tous ceux dont la pensée
» La voulait opprimer et tenir abaissée ;
» Qui, pour mieux établir leur domination,
» Tâchaient de l'énerver par la corruption ;
» Qui ravalaient sa gloire et l'ont même flétrie
» Jusqu'au point de payer l'insulte à la patrie ;
» Qui n'ont jamais conçu quelque noble projet,
» Ni n'ont rien fait de grand, si ce n'est le budget. »
Et, pleins d'un feu récent dont ils se faisaient gloire,
Ces convertis hurlaient vivat au Provisoire ;

Ils lui faisaient cortége, ils lui battaient des mains.
Se montrant plus ardents que les républicains.
Puis, quand Napoléon fut élu par la France,
A l'Élysée alors ils firent affluence,
Et, pour s'insinuer près du pouvoir nouveau,
Ils jetèrent la boue à leur dernier drapeau.
« Vous savez, disaient-ils, la presse indépendante,
» Comme elle était jadis querelleuse et grondante !
» Et nos tribuns hargneux, qu'on entend presque encor
» Reprocher au pouvoir sa passion pour l'or,
» Son envahissement qui tend au despotisme,
» Et sa corruption et son favoritisme !
» Soit vertueux courroux ou fureur de blâmer,
» Jusqu'au moindre banquet ils allaient déclamer ;
» Ils ont couru partout élever leur tribune
» Pour répandre leur fiel, exhaler leur rancune.
» Ils sont de ces débats sortis victorieux :
» Eh ! qu'ont-ils fait de plus? et qu'ont-ils fait de mieux?
» Ah ! par pudeur, passons et laissons dans leurs bouges
» Tous ces hères nommés des républicains rouges. »
Et, contents de leur mot, ils s'en frottaient les mains,
Joignant aux quolibets la morgue et les dédains !
Voilà l'homme du jour ! il passe sans vergogne
Des siens à l'ennemi, d'Armagnac à Bourgogne.
Malesherbe et Bertrand ont peu d'imitateurs.
Chaque maître en tombant perd ses adulateurs.

Ce qù'on aime aujourd'hui, ce n'est que la puissance,
Et le dernier vainqueur est celui qu'on encense.
Où sont donc les phénix qui ne soient tour à tour
A maints patrons divers allés faire leur cour?
Et que leur fait à tous que tel ou tel l'emporte,
Pourvu que du vainqueur ils grossissent l'escorte,
Et qu'ils n'aient pas surtout à craindre de rejet
Quand ils vont mendier un lopin du budget?
Lequel fut le dernier à courir rendre hommage
Au maître, quel qu'il soit, qui les souffre au partage?
Ah! l'homme? Il offre à tous le même dévoûment,
Applaudit chaque chute et chaque avénement,
Et, rouge le matin, il est bleu sur la brune
Si le jour a changé le vent de la fortune.
Il ne sait pas demain quel sera son patron,
Car au vaincu toujours il tourne la talon;
Et si certain parti prend un jour sa revanche,
Il portera dès lors une cocarde blanche.
Il serait au besoin cosaque ou musulman,
Si nous avions pour chef le tzar ou le sultan.
O soif du pouvoir! passion malheureuse!
Vanité de paraître, ambition fiévreuse,
Que vous rendez souvent les hommes vils et bas
Anathême à tous ceux qui ne comprennent pas
Ce qu'exige de nous la conscience humaine!
Qui, pour se pavaner en maîtres sur la scène,

Manquent aux sentiments qu'on révère le plus !
Que ne puis-je flétrir tous ces cœurs vermoulus !
Et le traître chez qui toute vertu sommeille,
Qui, sans jeter les yeux sur l'ami de la veille,
Passe au camp du vainqueur du jour au lendemain,
Attiré près de lui par l'appât seul du gain.
Oh ! honte à celui-là ! conscience endormie,
On le voit digérer tout genre d'infamie ;
Cœur de prostituée, il va faire trottoir
Aux portes de tous ceux qui montent au pouvoir ;
Il va tous les baiser avec la même bouche,
Et leur offrir à tous les plaisirs de sa couche !

XXI

Assez d'adulateurs feront cortége au fort ;
Assez vous flatteront, ô riches, dont le sort,
Défiant le malheur, reste toujours prospère :
Je me sens attiré près de l'humble misère ;
Je passe dans le camp que déserte chacun.
La plupart des auteurs n'ont brûlé de parfum
Qu'en accusant les rois et les grands de ce monde :
C'était leur thème unique, et leur verve féconde

Qui trouvait quelquefois son profit à flatter,
Semblait ne pas tarir s'il fallait les vanter,
Et chacun, ajoutant son bout de broderie,
Cherchait à renchérir sur chaque flatterie.
Quant aux pauvres !... heureux quand on ne daignait pas
S'occuper de sujets si peu dignes, si bas,
Et c'était leur montrer la plus grande indulgence,
Quand on n'avait pour eux que de l'indifférence.
Qu'un autre soit s'il veut leur ardent détracteur,
Moi, je ne le serai pas plus que leur flatteur,
Car ce serait leur rendre un fort triste service,
Que d'être complaisant envers leur moindre vice.
Mais, ô justice humaine ! admirable équité !
Les caresses, les soins, les marques de bonté,
Et la compassion et les mots qui consolent,
Les donne-t-on à ceux qui sans cesse s'immolent,
Et, du jour à la nuit, penchés sur leurs métiers,
Travaillent sans relâche au bonheur des rentiers.
Quels noms toujours, partout, sont inscrits dans l'histoire?
Pour qui les chants d'amour, de triomphe et de gloire?
Quel est celui qn'on fête? et quels sont les malheurs
Sur lesquels nous versons nos plaintes et nos pleurs?
Oh ! toute âme d'honneur doit se trouver froissée
De voir la pitié même aux grands seuls dispensée.
Qu'un des puissants du jour soit mis en jugement,
Dût-il ne redouter qu'un juste châtiment,

Il n'est de toutes parts qu'une voix pour le plaindre;
Chacun cherche à parer le coup qui peut l'atteindre :
L'intérêt qu'il inspire est presque universel;
A peine ose-t-on voir en lui le criminel.
On ne lui donne pas des avocats d'office :
Les plus grands orateurs sont tout à son service,
Et, vain d'être choisi, le défenseur, alors,
De son talent magique étale les trésors.
Les plus fameux docteurs de la science eux-mêmes
S'émeuvent tout à coup, fouillent dans leurs systèmes,
Et finissent toujours par découvrir enfin
Un cas qui sûrement rend le crime incertain.
Mais celui qui n'a rien, le pauvre prolétaire
Qui, comme un étranger, passe sur cette terre,
Qui soutient tous les jours les assauts de la faim,
On ne veut même pas qu'il nous tende la main.
Hommes! de son état vous lui faites un crime!
Mais qui donc le dépouille et quelle main l'opprime?
Quoi! faut-il l'écraser s'il manque à son devoir,
Poussé par la misère et par le désespoir?
Et cependant, s'il est presque à moitié coupable,
Personne ne le plaint, tout le monde l'accable.
En vain, de tous côtés, il cherche quelque appui,
La solitude amère existe autour de lui.
Plus il est malheureux et plus on l'abandonne.
Sont-ce les parias que la foule environne?

Que de choses pourtant plaident en sa faveur
Et devraient de l'arrêt adoucir la rigueur !
Le voilà : sans relâche à tous les maux en butte,
Si chétif, que s'il tombe, il ne fait qu'une chute ;
Si faible, en vérité, si peu sensible aux yeux,
Qu'on ignore s'il est traité moins bien ou mieux,
Qu'on ne sait si le sort de nouveau se courrouce
Ou s'il lui rend enfin la vie un peu plus douce.
Pour lui jamais de fête ; il vit au jour le jour,
Et du père commun ne connaît pas l'amour ;
Il ne possède pas même l'étroit espace
Que son pied foule quand il passe.
Il se lève, ignorant d'où lui viendra le pain
Qui prolonge ses jours sans apaiser sa faim ;
Et quand tombe la neige ou gronde la tempête,
Aucun toit n'est à lui pour abriter sa tête.
Le voilà : le malheur le saisit au berceau,
L'accompagne à tout âge et le suit au tombeau.
Il se meurt de besoin et personne n'y songe ;
On détourne les yeux quand la fièvre le ronge ;
Il n'a, pour le soigner et combattre son mal,
Qu'une main étrangère, un lit à l'hôpital.
Puis, quand il a vécu toujours à l'aventure,
Sur quel grabat meurt-il ? quelle est sa sépulture ?
Ah ! qui le voit mourir et naître, ne sait pas
S'il fut plus malheureux vivant qu'à son trépas.

Avant de condamner le pauvre à l'infamie,
On devrait donc au moins considérer sa vie ;
Avant de lui jeter la malédiction,
Faire une juste part de sa position ;
Songer que ceux sur qui l'infortune se rue,
Naissent dans quelque bouge et vivent dans la rue ;
Qu'enfants étiolés, ils ont connu la faim,
Quand au sein maternel ils se pendaient en vain ;
Que ce sont les besoins qui toujours les conseillent ;
Que de bonne heure en eux les exemples éveillent
Les penchants les plus bas et les vices honteux ;
Que si parfois leurs cœurs deviennent crapuleux,
Ils supportent des maux une si grande somme,
Que chacun a pour lui la part de plus d'un homme.
Les hommes m'ont souvent rempli l'âme de deuil,
Car j'ai vu leur folie et leur stupide orgueil,
Car ils se sont montrés souvent si misérables,
Que du bien maintenant je les crois peu capables.
Mais en sondant aussi l'abîme de leurs maux,
Nul ne doit aigrement reprendre leurs défauts ;
En face de leurs pleurs et de tant de misère,
Le juge ne peut pas demeurer trop sévère.
O mortels peu nombreux dont l'austère vertu
N'a point contre le mal vainement combattu !
Oui, je vous l'avoûrai, grands hommes que j'admire
Et que l'amour du bien toujours en tout inspire,

C'est l'infortune, autant que votre austérité,
Qui me réconcilie avec l'humanité !

XXI.

Toi que j'ai cultivée à l'abri du tumulte,
A qui j'osais offrir mon encens et mon culte,
Qui seule m'a donné quelque joie et la paix,
O muse de l'amour et des jeunes années,
Déesse à qui je dois mes plus douces journées,
Adieu ! je ne veux plus t'invoquer désormais.

Ah ! c'est que l'aube est loin ! c'est que la primevère
Est fanée aujourd'hui sur sa tige légère !
Et je ne rêve plus seulement l'avenir !
J'ai déjà mon passé, que parfois je regrette ;
De notre course, hélas ! si rapidement faite,
La plus fraîche moitié n'est plus qu'un souvenir.

Et que chanter d'ailleurs quand arrive le doute,
Quand le charme premier s'est perdu goutte à goutte,

Quand partout en ce monde on voit le faux vainqueur!
Mon front, vite vieilli, non seulement s'incline;
Mais le rêve déjà lui-même se termine:
La désillusion désenchante mon cœur!

Les bords offrent toujours une charmante image;
On a peine longtemps à quitter le rivage;
Tout y plaît, le bonheur vous y sourit en tout:
On erre insouciant, l'âme heureuse et charmée,
Parmi les saules verts dont la rive est semée,
Et l'on cueille des fleurs à mains pleines partout.

Puis vient l'heure où l'on quitte et la rive et la source,
Où par d'âpres vallons, continuant sa course,
Devant soi tout à coup apparaît le désert.
Alors ce ne sont plus que des landes stériles,
Que de maigres buissons et des plantes débiles,
Qu'un nu toujours plus sec où l'œil plonge et se perd!

Oh! à l'aspect des lieux sans ombrage et sans feuille,
On s'arrête en silence et l'âme se recueille,
Et les désirs ailés modèrent leur essor.
Ainsi, quand nous touchons au désert de la vie,
Nous sentons dans nos cœurs mourir la poésie,
Et la jeune espérance, et l'illusion d'or!

D'ailleurs, voici venir la guerre,
Levant ses sanglants étendards.
Sa voix, comme un affreux tonnerre,
A retenti de toutes parts.
D'un souffle que rien n'arrête,
Elle déchaîne la tempête
Qui bouleverse l'univers.
Les peuples préparent leurs armes,
Et déjà mille cris d'alarmes
Ont troublé les repos des airs.

C'en est fait des beaux jours et des chansons de joie:
Avec la paix s'enfuit toute prospérité,
Et le fatal drapeau que le monde déploie
Est celui de la mort et de la cruauté.

Et c'est vous, héros de Sinope,
Dont la funeste ambition
Agite ainsi toute l'Europe
Et la met en combustion.
Que le glaive alors se réveille,
Et que Pétersbourg s'émerveille
A nous voir manier le fer !
Quel bras armé du cimeterre
Ne sait pas dépeupler la terre,
Et de morts enrichir l'enfer ?

O misère ! ô pitié ! parce qu'un roi barbare
Convoite les états d'un plus faible voisin,
Voilà le monde entier qui s'émeut et s'effare,
Afin de mettre obstacle à ce royal larcin.

Quoi ! même à l'époque où nous sommes,
L'ambition d'un seul mortel
Ébranle tant de masses d'hommes
Qu'il voue à son sanglant autel !
Le tzar le veut, peuples, aux armes !
N'écoutez ni prières ni larmes ;

Promenez la flamme partout.
Que le mot d'ordre soit : Pillage;
Rassasiez-vous de carnage,
Et dévastez et tuez tout!

Oh! quand le philosophe un instant considère
Que le fils d'une femme, un mortel comme nous,
Peut rompre la paix sainte et tout troubler sur terre,
De quel juste mépris n'est-il pas pris pour tous?

Muse, que le bruit épouvante,
Ne vois-tu point tous ces soldats
Occupés à dresser leur tente
Et poussant leurs affreux hourrahs?
Aux lieux où le soleil se lève,
Déjà s'entrechoque le glaive,
Déjà le bronze a retenti.
Irais-tu mêler ta voix douce
Au bruit de l'horrible secousse
Que les peuples ont ressenti?

Lorsque la foudre éclate et que gronde l'orage,
L'oiseau chanteur se tait, caché dans ses buissons :
Il attend le retour du beau temps au bocage,
Avant de gazouiller de nouvelles chansons.

GUYHARD.